U0133998

本书由海波先生资助出版

皮　箱
The Trunk

朱　朱

广西师范大学出版社
·桂林·

目　录

III

IV

I

清河县（组诗）

称谓"我"在各诗中的对位表：

诗　名	我
郓哥，快跑	西门庆
顽　童	武大郎
洗　窗	武　松
武都头	王　婆
百宝箱	陈经济
威　信	

郓哥，快跑

今天早晨他是最焦急的一个，
他险些推翻了算命人的摊子，
和横过街市的吹笛者。
从他手中的篮子里
梨子落了一地。

他要跑到一个小矮人那里去，
带去一个消息。凡是延缓了他的脚步的人
都在他的脑海里得到了不好的下场。
他跑得那么快，像一枝很轻的箭杆。

我们密切地关注他的奔跑，
就像观看一长串镜头的闪回。
我们是守口如瓶的茶肆，我们是
来不及将结局告知他的观众；
他的奔跑有一种断了头的激情。

顽 童

I

去药铺的路上雨开始下了，
龙鳞般的亮光。
那些蒸汽成了精似的
从卵石里腾挪着，往上跑。

叶子从沟垄里流去，
即使躲在屋檐下，
也能感到雨点像敷在皮肤上的甘草化开，
留下清凉的味道。

我安顿着马；
自街对面上方，
一扇木格子窗忽然掀开，
那里站着一个女人。

一个女人，
穿着绿花的红肚兜，
看着天边外。
她伸展裸露的臂膀

去接从晾衣杆上绽放的水花。

——可以猜想她那踮起的脚有多美丽——

应该有一盏为它而下垂到膝弯的灯。

以前有过好多次，每当

出现这样的形象，

我就把她们引向我的宅第。

我是一个饱食而不知肉味的人，

我是佛经里摸象的盲人。

我有旺盛的精力，

我是富翁并且有军官的体型，

我也有的是时间——

现在她的目光

开始移过来在我的脖颈里轻呷了，

我粗大的喉结滚动，

似乎在吞咽一颗宝石。

II

雨在我们之间下着，

在两个紧张的窥视狂之间

门栓在松动，而

青草受到滋养更碧绿了。

雨有远行的意味，
雨将有一道笼罩几座城市的虹霓，
车辆在它们之间的平原上扭曲着前行，
忽然植物般静止。

雨有挥霍的豪迈，
起落于檐瓦好像处士教我
吟诵虚度一生的口诀。

现在雨大得像一种无法伸量的物质
来适应你和我，
姐姐啊我的绞刑台，
让我走上来一脚把踏板踩空。

洗　窗

一把椅子在这里支撑她，
一个力，一个贯穿于她身体的力
从她踮起的脚尖向上传送着，
它本该是绷直的线却在膝弯和腹股沟
绕成了涡纹，身体对力说
你是一个魔术师喜欢表演给观众看的空结，
而力说你才是呢。她拿着布
一阵风将她的裙子吹得鼓胀起来，腹部透明起来就像鳍。
现在力和身体停止了争吵它们在合作。
这是一把旧椅子用锈铁丝缠着，
现在她的身体往下支撑它的空虚，
它受压而迅速地聚拢，好像全城的人一起用力往上顶。
她笑着，当她洗窗时发现透明的不可能
而半透明是一个陷阱，她的手经常伸到污点的另一面去擦
它们
这时候污点就好像始于手的一个谜团。
逐渐地透明的确在考验一个人，
她累了，停止。汗水流过落了灰而变得粗糙的乳头，
淋湿她的双腿，但甚至

连她最隐秘的开口处也因为有风在吹拂而有难言的兴奋。

她继续洗着而且我们晕眩着,俯视和仰视紧紧地牵扯在一起。

一张网结和网眼都在移动中的网。

哦我们好像离开了清河县,我们有了距离

从外边箍住一个很大的空虚,

我的手紧握着椅背现在把它提起,

你仍然站立在原处。

武都头

I

那哨棒儿闲着，
毡毯也蒙上灰；
我梦见她溺水而不把手给她，
其实她就在楼下。

发髻披散开一个垂到腰间的漩涡
和一份末日的倦怠，
脸孔像睡莲，一朵团圆了
晴空里到处释放的静电的花。

她走路时多么轻，
像出笼的蒸汽擦拭着自己；
而楼梯晃动着
一道就要决开的堤。

她也让你想起
一匹轻颤的布仍然轻颤着，
被戒尺挑起来
听凭着裁判。

而我被自己的目光箍紧了，
所有别的感觉已停止。
一个巨大的诱惑
正在升上来。

II

在这条街上，
在使我有喋血预感的古老街区里，
我感到迷惘、受缚和不洁。
你看那些紧邻的屋脊
甚至连燕子也不能转身。

我知道我的兄长比我更魁伟，
以他逶迤数十里的胸膛
让我的头倚靠，
城垣从他弯曲的臂膀间隆起，
屏挡住野兽；

血亲的篱栏。
它给我草色无言而斑斓的温暖。
当他在外卖着炊饼，
整个住宅像一只中午时沸腾的大锅，
所有的物品陡然地

漂浮着；
她的身体就是一锅甜蜜的汁液
金属丝般扭动，
要把我吞咽。

Ⅲ

我被软禁在
一件昨日神话的囚服中，
为了脱铐我瘦了，
此刻我的眼睛圆睁在空酒壶里，

守望帘外的风。
我梦见邻居们都在这里大笑着
翻捡我污渍四溅的内裤；
还梦见她跪倒在兄长的灵牌前，

我必须远去而不成为同谋，
让蠢男人们来做这件事。
让哨棒和朴刀仍然做英雄的道具吧，
还有一顶很久没有抬过的轿子。

抖动着手腕握起羊毫笔，

我训练自己学会写我的名字；

人们喜爱谎言，

而我只搏杀过一头老虎的投影。

百宝箱

I

哦，龙卷风，
我的姐姐，
你黑极了的身躯
像水中变形的金刚钻，
扭摆着上升；

钻头犀利又尖硬，
刺穿了玻璃天，
朵朵白云被你一口吸进去，
就像畜生腔肠里在蠕动的粪便；
秋天太安详，蓝太深

而我们恨这个。
容易暴躁的老姐姐啊，
当你吹得我的茶肆摇晃着下沉，
我才感到我活着，
感到好。

我手拂鬓角被吹落的发丝，

目光沉沉地
从店外的光线撤回，
几块斗大的黑斑尾随来，
也滞留也飞舞：

也许我不该这样
盯着太阳看。
钻心的疼痛像匕首
从烧焦的视网膜
爬进太阳穴。

II

今天没有人
来到我的店铺里
压低了嗓音或血红着眼睛；
他们的一瞥
要使我变成煤渣，

扔落的铜钱
像一口污茶泼上我的脸。
但这是他们的错，
我这活腻了的身体
还在冒泡泡，一只比

一只大，一次比一次圆；
它们胀裂开像子宫的黏液
孕育一张网，
在那一根又一根的长丝上

我颤悠悠的步履
横穿整个县。
你看，我这趴在柜台上的老婆子
好像睡着了，
却没有放过一只飞过的人形虫。

III

当午后传来一阵动地的喧哗，
人们涌向街头
去争睹一位打虎英雄；
远远地，他经过门前时
我看见那绛红的肌肉

好像上等的石料，
大胡子滴着酒，
前胸厚如衙门前的座狮——
他更像一艘端午节的龙舟
衔来波浪，

激荡着我们朽坏的航道。

被这样的热和湿震颤着，

我干瘪的乳房

鼓胀起

和鼓点一起抖动；

我几乎想跟随

整个队列狂喜的脚步，

经过每座漂浮如睡莲的住宅，

走得更远些，

观看穹隆下陡然雄伟的城廓。

但人们蔑视

我观赏时的贪婪，

他们要我缩进店铺的深处去，

扎紧我粗布口袋般的身体，

并且严防泄露出瞳孔里剩留的一点反光。

IV

眼皮剧跳着我来到卧室，

打开一只大木箱，

里边有无数金锭和寿衣，还有

我珍藏的一套新娘的行头——

那被手指摩挲而褪了色的绸缎
像湿火苗蹿起，

从眼帘
蔓向四周。
太奢侈了而我选择可存活的低温
和贱的黏性，
我选择漫长的枯水期和暗光的茶肆。

我要我成为
最古老的生物，
蹲伏着，
不像龙卷风而像门下的风；
我逃脱一切容易被毁灭的命运。

现在他们已去远，
就让我捡拾那些遗落的簪子，
那些玉坠和童鞋。
我要把它们一一地拭净，
放进这只百宝箱。

威　信

当我们从东京出发时

他就已经和我们在一起了；他关心

我们沉重行李里的金子。只有这些

才会让他的笑容像车轮一样滚动，

甩脱一切的泥斑；他将自己绑在赶车人的背上

表演着车技。他吹笛子逗你开心，

不停地回过头对我们闪眼睛；

而我知道我们在自己的行李里最轻，

是那些紧捆着行李的绳子，

最后是他松开这些绳子的一个借口。

妻子，我恨你的血液里

有一半他的血液，

你像一把可怜的勺子映出他的脸，

即使当我们爱抚的时刻，

你的身体也有最后的一点儿吝啬：

窝藏他。如此我总是

结束得匆忙。

你每月的分泌物里有涤罪的意味吗？

你呆呆地咬住手帕，

你哭泣而我厌烦。

你不肯在他落单于你血液中的时候

把他交出来，让他和我一对一，让我狠狠地揍他，

踢他，在东京他没有成群的朋友和仆人。

东京像悬崖

但清河县更可怕是一座吞噬不已的深渊，

它的每一座住宅都是灵柩

堆挤在一处，居住者

活着都像从上空摔死过一次，

叫喊刚发出就沉淀。

在那里我知道自己会像什么。一座冷透的火炉

立在一堵墙前，

被轻轻一推就碎成煤渣。

我曾经在迎亲的薄雾中看过它的外形，

一条盘踞的大蟒，

不停地渗出黑草莓般的珠汁，

使芦苇陷入迷乱。

我害怕这座避难所就像

害怕重经一个接生婆的手，

被塞回进胎盘。

她会剥开我的脸寻找可以关闭我眼睑和耳朵的机关，
用力地甩打我的内脏
令这些在痉挛中缩短，
而他抱着双臂在一旁监视着
直到我的声音变得稚嫩，最终
睡着了一般，地下没有痕迹；
你，一个小巫婆从月光下一闪，
捧着炖熟的鸡汤，
送到他的棋盘前。

烙　印

I

凄惨地号叫了一夜；
第二天，当我解开了铁索，
它就去了。我知道结局
所以我坐在家中等待——
电话没有人接。我的朋友出门了。

风格外大，整夜
都发出撬起屋顶的铁钎
之声。它横穿街道，
在起重机的挖斗和卡车的轮胎下
找到缝隙，它巨大，

皮毛像烧熔的铜，像努尔哈赤
低着头，越来越有力的脚趾
拍打着柏油马路，
它多么柔情，像舔一道伤口的血似的

舔着从双腿间
流下的精液，从未走过这么远，

从未像今天这样摆脱我，急着

去做自己的事情——沿途的公狗

惊恐地退却着，它们认识它；

在无数次战斗之后，

它为自己铺平了一条胜利的道路。

沿着商店和停车场，它来到了寓所下，

没有作一次喘息，

就跃上了阴蔽的楼道。

门锁着，

我的朋友出门了。

铁门栅投下一道道阴影。

它的牙齿试探着锁，整个身体

直立着，像暴风

撼动整个街区。

寓所里传来那只小母狗的跑动，

房子在内外都被撞击着，

两道门，木门和铁门，在门与门之间的

空隙里，它的生殖器

像一根烧红的烙铁

伸进去，它的声音不是往常

那慑人的低吼，而是在寻找

能够溶解自己痛苦的水源。

Ⅱ

我把它牵回来。

迎着风，它的每根毛发直竖着，

它反而拖着我向前，就像

尽快地撤离

一座未攻克的城市，

充满屈辱和尊严；然而

它还是回头望着，望着，

微微地抽动它的鼻息。

以它的目光回避着我，耷拉耳朵，

走过了这个一无所获的春天。

27

灯 蛾

I

狭长的墓道，
现在它是我的。
一个阴谋把我变成
最后一件殉葬品：

当我在吊篮里
放满了珠宝
然后等待它再一次垂放下来
带我走，轰的一响

土石
堵住了掘开的洞口。
我听见他们在踏平这里的
脚步和笑声，

灰沙灌进我的颈项，
我站直，
足踝开始像一堆蛆，
然后是膝盖骨，头盖骨；

每一滴汗

都发出一只盐罐

迸裂在石板上的声响；

毛发板结而

牙齿溃烂着

像沙丘

流动在

干燥得生烟的舌头上。

我听见一头巨兽的

呼吸声同时响自

这里的六个天井和小龛中，

忽然我知道它是我，

我必须摆脱

这一个幻象，

暂时我还活着，

不同于那座石棺里的人。

II

发光的珠宝

都已经被取走，

那些在火把和透进的微光中

一眼就能瞥见

并且献媚地
映照着；现在
黑暗再一次巩固陵墓的形状，
当我的瞳孔降低了要求，

我看见
所有的物件都发光，
陶俑的釉彩和铁环，
石椁那被我反复点数的

三十四块青石板。
那些我不想在第一时间带走的
东西将陪伴我，
成为爱与诅咒的化身，

诅咒的水波
无法越过它们的封堵；
当我爱，是的，墙壁上的
侍女微笑着行走。

III

一个月过去，

食物和血之间已没有记忆；

我把一顿遥远晚餐的膻味

彻底吐还给空气；

我呕出青苔色的

绿水，又舔干了墓室的每一处；

一个没有肉的人

轻盈如苔藓，

爬上了棺盖

思忖着落下去

还是就此躺着，

直至我的骨骼被印上

棺壁的线刻，

在浓墨般的黑暗里

成为一个人形的拓片；

一只灯蛾

趋向于地下的光辉，

他的死历数了

同伴的邪恶

和地上的日全蚀。

合　葬①

蜜蜂，

快来筑巢在燕八哥的空房里。

——叶芝《内战时期的沉思》②

I

一颗子弹，

一颗在腐烂的肉之中

越发沉重的子弹，

在它射进来之前，

我的骨头试图阻挡它，

但它太快了，

现在我的枯骨是它的床。

在渗入大地之前，

我流淌过一阵，

血，脓水，我发现那最后粘挂于

骨头的纤维和

①廖仲恺与何香凝，合葬于南京东郊。

②叶芝（William Butler Yeats，1865–1939），爱尔兰诗人、剧作家。

丝缎一样柔滑；因而

我开始像一根纤维思考，

在我死后的这些年，

我从未努力穿过寝陵的

拱形壁。

你却履行着

我未尽的职责，高声地诉说，

甚至在纸上画一朵梅花时

你要求笔尖的毫毛

硬如刀锋。

当我们并肩走出党部的大门，

这颗子弹的飞行线

在阒寂的空气中

把世界裁成了两半。

一把枪的结构

复杂而精巧，

是它使我飞行得那么远，

从台阶沿着准星，

穿过射击者的瞳孔；他

甚至来不及闭起眼睛，

听凭我变成

旋转的屋顶，

和突然碎裂的玻璃窗。

我也思考已被我译完的

《进步与贫乏》，威尔科克斯和列宁，

直至它们像哀悼者的脸庞

消失在寝陵前的

平台上。

层层紫云英闪烁在草地上，

或者，枫叶像涂了一层金黄色的油

在水门汀小路上反光，

我一度追随的巨匠

就躺在不远的山坡上，

同样地患有嗜睡症，

在凭吊与讲解的聒噪声里

每一块肌肉僵硬、崩裂，

成为一尊必然的石膏像。

此地太安静了，

除了情人们的絮语，

深山里的伐木声

和一座亭子中的

吹笛人，甚至我能听见
乐谱被风吹动
刮擦到细铁丝架上。
我相信死者的仪容
不会再有改变，

我四十八岁，
年轻而强壮，
我在我用过的一把勺子
和夏夜突然下坠的彗星里
流回了万物的漩涡。

II

天高而云淡，
陆地像脱柄的锹
不知已沉到哪里去；

蜻蜓飞着
它们让季风变得可见了，
又像一个顽念
萦回在这个下午的窗前。

等我织完了这件毛衣，

我就能获得休息，

但为了让你穿在身上，是的，

我将搭下一班的船。

我要从这黄昏时变得黝黑的苦束树下，

一处收敛了风帆的港口，

以一条鱼之脊椎的长度

重新丈量海的长度——

又多么像一个顽念——

当死去的你

已经稳定如一把铁砧，

我想涉过这淬火的水与冰。

抡起时我是用尽了

全身力气的锤子和夹钳，

落下来是

细篾片做成的弯针；

在线团中

……变成对一个酣畅的句子的追求，

一个关于虚空的注脚。

我隐居在这座岛屿上，
从午后就开始的
那全部的颓势里，
我为日落时的亮光
在浅滩置放下几块浮石。

水位已难以察知，
在桌边的瓶子
和远方的太平洋上，
我的夫君——
都不再有透明的视野了。

这平静的生活
注定不被过早地接受。
现在我准备着，准备着，
从老橡木的栅栏上
抓起一把雪倾泻在身上，

雪落得缓慢，
在我年老而长出了褶皱的
腹肌上切割着，
最后，留下了
海浪般的白沫，

它噘嚅着我们的青春。
在躺下来沉睡之前
我肿胀的眼睑
被它撑满了，

一只苍蝇，
一个戴墨镜的盲人，半痴呆的
流浪汉，和你的肖像
在倾斜中，合上我的房门。

在这之后我活了很久。

青　烟

I

清澈的刘海；
发髻盘卷，
一个标准的小妇人。
她那张椭圆的脸，像一只提前
报答了气候的水蜜桃。

她的姿势比她的发型更僵硬
（画家、摄影师，还有鸨母围绕她
摆弄很久了，往后散开
把她留在那张小桌边。）

画家开始往调色板上挤颜料。
满嘴酒气的摄影师，一边打嗝一边按动快门
那声音不是轻微如试图理解或表达的咔嚓、咔嚓，
而是像熊大嚼玉米棒子。鸨母
讪讪地，唯一要等的是支票，支票。
在楼下，受阻的嫖客撂下话，坐黄包车而去！

她必须保持她的姿势至终，

跷起腿，半转身躯，一只手肘撑在小桌子上，
手指夹住一支燃烧的香烟（烟燃尽，
有人会替她续上一支，再走开）。在屋中
摄影师走来走去，画家盯住自己的画布，
一只苍蝇想穿透玻璃飞出，最后看得她想吐。

晚上她用一条包满冰的毛巾敷住手臂。

II

第二天接着干。又坐在
小圆凳上，点起烟。画家
和她低声交谈了几句，问她的祖籍、姓名。
摄影师没有来，也许不来了？
透过画家背后的窗，可以望见外滩。
江水打着木桩。一艘单桅船驶向对岸荒岛上。

某银行、先施公司和永安公司的招牌。
一辆电车在黄包车铃声里掣过。她
想起冠生园软软的座垫，想着自己
不够浑圆的屁股，在上边翘得和黑女人一样高。
这时她忘记了自己被画着，往常般吸一口烟，

烟圈徐徐被吐出。
被挡在画架后面的什么哐啷的一声。

画家黑黝黝的眼窝再次对准了她，吓了
她一跳。她低下头扯平
已经往上翻卷到大腿根的旗袍。
这一天过得快多了。

III

此后几天她感觉自己
不必盛满她的那个姿势，或者
完全就让它空着。

她坐在那里，好像套着一层
表情的模壳，薄薄的，和那件青花旗袍一样。
在模壳的里边——
她已经在逛街，已经
懒洋洋地躺在了一张长榻上分开了双腿
大声地打呵欠，已经
奔跑在天边映黄了溪流的油菜田里。

摄影师又出现过一次。
把粗壮奇长的镜头伸出
皮革机身，近得几乎压在她脸上，
她顺势给他一个微笑，甜甜的。

一台电唱机：

"蔷薇蔷薇处处开";①

永春和②派人送来,陪伴他们的工作。

IV

她开始跑出那个模壳,

站到画家的身边打量那幅画:

画中人既像又不像她,

他在她的面颊上涂抹了太多的胭脂,

夹烟的手画得过于纤细,

他画的乳房是躲在绸衣背后而不是从那里鼓胀,

并且,他把她背影里的墙

画成一座古怪的大瀑布

僵立着但不流动。

唯独从她手指间冒起的一缕烟

真的很像在那里飘,在空气中飘。

她还发现这个画家

其实很早就画完了这幅画,

在后来很长的一段日子里,每天

他只是在不停地涂抹那缕烟。

① 20世纪30年代盛行上海滩的百乐门爵士歌曲之一。

② 全称为永春和烟草股份有限公司,即雇用诗中的妓女做

广告模特儿的商家。

皮　箱

I

我们去钓鱼。
我们的手臂垂放在水面之前，

经过了我的出生地。
他沉睡，经过

另一座小镇，土路强烈的反光
像肮脏的雪，大礼堂屋顶上

悬挂着
车轮掀起的尘埃，

每小时七十迈，等于礼堂看门人的
半个微笑，

不知道她为什么
站在那里，对一辆车微笑着致意？

某座山墙上

一句褪色的标语，

悄然地掠过嘴唇；将近
半个世纪，终于它的音量被调至最低。

II

经过田野，村庄，田野，
车停在沟渠边，每一个路上的水洼

都像乞求、发光的鱼，
等待一条上涨的河。

他对我说起作物的名字，
语调从未如此的温和——

说起那只猫，
在那次全家搬迁时，突然跳下了车。

他又不再言语，和这里一样
沉寂，空旷，在一群鸟的啄食声中；

一层银灰色塑料布
遮覆在天边；而我感到
他终于开始触摸什么，

并且把我的手指和它们放在了一处。

III

他再次睡去，将头靠在我的胸前。
渔具放在黑色的、装有弹簧锁的皮箱里，

皮箱放进后备厢之前，
放在家中的大橱顶上，

很多年。
我幼小的视线总是被它吸引，

一只从没有在我眼前打开过的
箱子，它坚硬的壳

沉如一块墓碑，焊在冰层中。
不透明。当阳光穿透窗户

旋动钥孔般，
敞亮了家中的所有物件。

IV

他再次睡去，将头靠在我的胸前。

泥泞的路,车盖发出牙齿般格格的颤抖。

收音机里传来
爱沙尼亚总统和

叶利钦的会见。
反光镜像一架闪光的相机在摄下:

我的胸膛
被俄罗斯衰老的头靠住,

成年了,骄傲就像越过岩壑的潮水
淌向平原;

被一份在颠簸中不断减轻的重量
压迫着,压迫着,这压迫

甚至让我惬意于
温暖的血液。连绵的浮标

很快将垂放在水面,
还有挥竿时那束

强烈的射线

使河的波长骚动而密集——

久久地握住手中的钓竿，
这还是第一次——

在无声地扩张的尽头，
有很多年才等到的宁静。

IV

现在他把我的手指
放在了从皮箱里取出的

这根钓竿上；
纠正我的手形，

并且捏紧钓钩上的
那截蚯蚓，

轻按我的手往下
直至线钻入晃漾的水深处。

现在皮箱就躺在我的脚边，
箱底的皮湿漉漉地、在溶化，似乎——

反而有无数条鱼从里边
结队淌游而来，

沿着我手中弯曲的钓竿
游入河心。

我触碰这簧片，
打开箱子就像打开一个真空，

我啜泣在这个爱的真空，
除了它，没有一种爱不是可怕的虚设。

车 灯

I

离车身几步远一个老人
站在大树下，脸庞已入夜，
衣裤的皱痕和泥斑滚沸着灯光。

这一阵灯光很快消歇；
汽车又翻过一条横跨路面的水沟，
加大马力后它很多的部件像铃铛一起在响。

然后，看见一道休眠的栅门内
在井边洗脸的女人，
立在一旁的鹅吃惊地缩了一下脖子。

路的拐角处杂货铺送来的光
恰如草堆那么温暖，
而且硬糖的甜味开始弥漫于周身。

唯有车灯的光柱懵懂地
在这不仅是晚秋的空气里刺戳着，
它怎知道听牛群的哞鸣能测知一堵墙的厚度？

II

另一次晚归时
我看见车灯直如一把尺子，
丈量着这片土地。
汽车的轮胎在滚动中
面对一块黑布的巨大尺幅，
尺子太短了，只有分段地进行。
如此地，我就像那个裁缝
默记着，驶过的地方
黑暗又降临，等于布被量过的局部
手和尺身的印痕自动地平复。
完美的裁缝大脑记住了每一段；不完美的
大脑被搅晕，还要折回来
重新丈量。而我就是那不完美者，
就是学徒，被斥责说："最简单的事你也做不好"；
起码我以笨拙面对真实。

路　标

I

从这里经过时，我发现
一条等死的狗和一道梁。

大卡车已经开远了——
当我的手通过它渐冷的皮毛

摸到那团内脏，
软得可以像棉絮一丝丝地抽去；

房梁多么低矮地
撑放在砾石砌成的斜坡下，

曾经属于它的
亮着灯的窗口和房子已消失。

II

其他的景象
和我上次经过时一致，

仍有一头奶牛值得提起，
它蹲伏在开始患冻疮的草地上

格外地雄伟。
而路仍然起伏、颠簸，

斜坡后边仍然是宽阔的田野——
我不禁要问，在这匹

好像已织就了千年的锦缎上
为什么总是无意似的摆放

54

一些东西，
正像从老化、霉烂的破绽里

扯出的线头，
晃动在肉眼中？

上一次是铁道边的蒸汽，
而这一次，是梁和狗。

III

每次从这里经过，

我都会有所发现，

并且，常常
不能免除于悲伤——

也许我应该更耐心地
辨识和收集起它们，

正像有人长年在野外
勘探，在灯光下

核查和记录；
如此，在他的内心

最终将形成一座海洋，
虽然我不知道他是谁，

但每次从这里经过
就感觉到自己离他会更近。

速写簿

Ⅰ 窗口

从窗口望过去——车灯像一个在远处
的树木间往后倒退着奔跑、并且在惊惶中不
停摔倒的女人,黑色的车影在快要碾轧上她
的时候又松开了,让她继续往后逃,这镜头
一次次地闪回;直到它们都不再在视线里出
现。一阵眩晕不已的死寂。发冷。整座房子
是一架对着霜天的望远镜。

Ⅱ 今秋的光

电线杆倒伏在地上，而影子耸立着；其他物体也一样。

除此今秋不见什么特别之处；心，既然乏力于赞美，干脆就冷漠些。

Ⅲ　秘密与星辰

　　秘密运送少数人到离星辰最近的地点，
去看星辰。

　　这实际上很残酷，星辰表面并不发光，
单调、贫乏，和保守秘密一样令人痛苦。
　　无论如何，看过的人有了不同的理解。

Ⅳ 难题

没有什么可吃的。冰箱是冰霜的昏黄宫殿,白天已遭抢劫过。一只肥白的虫子失去了它的卷心菜花园,它爬上爬下,这里真是太大了。

我望着窗。我本想望出窗外,但它被霜粘上了。霜,并不静止:一条蒸汽弥散的河,大瀑布,火车站,白色淤泥一起往下沉降的险滩,在地底下被风吹彻的树根,轧碎的光。

霜,一道强力的不透明胶带,粘了又粘。霜在此刻已处理完了大部分国土,多数山脉,草原和城市,或许越是广袤之物越容易处理。但这扇亮灯的小小厨房窗口,看来是一道技术上的难题。

室内那一点可怜的温度竟然捉弄了它,让它的覆盖无法做到均匀而完整。

V 铁叉形黎明

　　经过充足的睡眠来到了黎明，那可不一样。但我缺少。

　　失眠，翻乱的书页，烟雾，然后开始泛白的窗幔，短短几分钟就稠密起来的鸟鸣。黎明像一把新淬了火的铁叉叉中我！

　　我轻飘的身体，拖着这样一把铁叉，上楼时必须扶住墙，必须不断地倚伏在楼梯上。最好能有一个母亲的怀抱。

　　睡眠是什么？一个重量，每天都往平躺下来的人体里填放，这样他醒来后就能在空气中保持平衡；等他又困倦的时候，就是重量像方糖溶解完了，需要放进另一颗。

VI 蝉

一种尺度。假如它是,它带有锯齿……

它独力撑开树冠;在没有人倾听的时候,它也会像一个收拢了降落伞的伞兵坐在那里玩。树是它的房间,树是现成的,但里边的阴森不是谁都能住惯。

尖厉。保持尖厉。有时它活着,几乎是冲着我一个人叫喊。它非常缺少朋友,这成了友谊的明证。

当它想凭借一个固执的音汇成洪流,将我吞噬、卷走,我就远避。

它也不再尾随我;这是一只骄傲的蝉。

VII 牵线人

　　最风尘仆仆的一年。每次我回到家中，
浑身都是他人。

　　幸而有两条心爱的狗，它们的目光洗濯
我的脸，也化约很多。和它们歇上一宿，回到
了幽深的中心。

　　整理着行李箱里的各种玩意儿，车票，
写有地址的纸片，画册，小礼品，最终它们被
汇集起来——我最大的收获，是从人群中寻
找到人，辨认出人，即使是以最苛刻的结算，
人群中毕竟有人。

　　有没有伟大的牵线人？比掮客、拉皮条
者、编辑、外交官和黑帮的大小头目更高明
的牵线人……

Ⅷ 小故事

　　一个女人，到了无法藏住年龄的年龄，
反而失去了一切；甚至连房子也不是她的。

　　她将房子收拾得很好。等候一个年轻男
人。那个男人来了，她快乐得不知如何是好。

　　她要把一切献给他，热吻，拥抱，全身的
蜜。可是，她一开口就在说自己的不幸，她说
了大半个下午，然后她又忙着责备自己的絮
叨，责备了大半个夜晚。

　　幸好，还是如愿进行了，热吻，拥抱……
照此演奏下去，很快就会有一个高潮。

　　他离开了一会儿，去洗浴。就这么一会
儿，她感觉不真实。当他回转来的时候，她望
着他。他在她的床上沉沉地睡去；而她睡进
了另一个房间的床上，悲哀于自己所要的是
那么少。

IX 站台

走下火车，我正想吸一支烟，却瞥见站台廊柱下，有人先于我点燃了烟。

一名外国女子。短发纷乱地竖在风中，一身洗得发白的牛仔衣。臃肿。脸上有惊魂未定的痕迹，所有事物的重量还在压向她，尊严像热气呼出后就不存了。那张脸真是太凄惨。

我在这个瞬间想起东欧，尤其是那些与我们的制度有所拴系的国度——柱子倒塌，绳子断裂开，受惊的马儿跑到了外边。她警惕地在这里张望，汉语对于她就是一片蛮荒。

信 号

—— 四联作

I 盒子

当裙子又盖住大腿时
它发出嗒的一声,听起来
正如盒盖被按下,紧接着你合拢的
膝盖像那盒子上的小铜扣,
但你身体的盒子里仍然一片空缺,
属于你的东西都还在天空中——

一会儿它们开始逐一而
尽数地回来了,在你皱着眉头的审视中,
拥挤着把你填满。在高处它们是
电波,撒回地面是一层空瘪的
糠壳,带有软黏而冒酸味的小气泡,
很快变干、变硬。在你将它们收拢前
你失神地斜靠住木桩,呼吸调至旧频道;
求救般的目光迟迟不移开秋千架。

Ⅱ 仲夏夜

你靠近那只萤火虫时

并不担心它逃离。

午夜枝头上的小灯笼,灯芯被镀绿,

透明的构件好像在拆卸中,滚落去了池塘

——这样来报复将它遗失在黑暗中的人,同时

戒备着陌生者的追逐。而你谙熟这伎俩

好像你更擅长。双手轻轻一兜

就将它捕获,它在你勺底似的掌心

感觉惬意又安全,挣扎的样子

是佯装的,清冷的光

贴紧你的血管,不久就发烫了

并且暗红如胀开的乳晕,新描画的

釉彩在高温的窑火里;然后你突然放走它,

将你的身体置于我贪婪视野的中心。

Ⅲ 等雨

一道闪电追击鸟儿直到

大树根，然后，就像

什么也没有发生，这斑鸠

有足够的时间解开它绕缠在

树枝上的尾巴，再梳理羽毛和翅膀，

姿态就像与情人会面前

等候这暮色变深。当四野

一片焦渴的沉寂，杜鹃仍然在领唱。

啊沉寂，现在该是我们产卵到它的巢穴了！

现在该是确认这亭子会不会倒塌的时候了——

你的身体像一段铁轨

在蚊虫嗡鸣的水草地里发抖，

而我在闷燃中散发硫磺味，如火车头

翻越过陡坡后加速赶来。

Ⅳ 合译

每一个必须找到另一个，必须。
词语们同源于所有语种那背后的
寂静，而那寂静是一种声音，
授权给我们。我找到你，
就像找到一块要打破的坚冰，
它有一个小如豆荚而深不可测的
空洞，一个政体时常在返暖中
变湿的核心，那延缓的水滴已被我听见
而发光的钟乳岩从外部被重击
直到痉挛着碎裂，以你的全部
进入到春潮的合唱，而河流与河流
汇合着去探寻遥远的寂静，正如
当两个不同字体的词被焊合，粘接
在一处，悄然凝固起灼伤的新痕，
于是我们像穿过溶洞的船划向下一行，
将自己置于白日的海上。

林中空地

　　我获得的是一种被处决后的安宁,头颅搁在一边。

　　周围,同情的屋顶成排,它们彼此紧挨着。小镇居民们的身影一掠而过,只有等它们没入了深巷,才会发出议论的啼声。

野长城

I

地球表面的标签
或记忆深处的一道勒痕，消褪在
受风沙和干旱的侵蚀
而与我们的肤色更加相似的群山。

我们曾经在这边。即使
是一位征召自小村镇的年轻士兵，
也会以直立的姿势与富有者的心情
透过箭垛打量着外族人，
那群不过是爬行在荒原上的野兽。

在这边，我们已经营造出一只巨大的浴缸，
我们的日常是一种温暖而慵倦的浸泡。
当女人们在花园里荡秋千，
男人们的目光嗜好于从水中找到倒影；

带血的、未煮熟的肉太粗俗了，
我们文明的屋檐
已经精确到最后那一小截的弯翘。

II

现在，经历着
所有的摧毁中最彻底的一种：
遗忘——它就像

一头爬行动物的脊椎
正进入风化的尾声，
山脊充满了侏罗纪的沉寂，
随着落日的遥远马达渐渐地平息，
余晖像锈蚀的箭镞坠落。

我来追溯一种在我们出生前就消失的生活，
如同考据学的手指苦恼地敲击
一只空壳的边沿，
它的内部已经掏干了。

III

在陡坡的那几棵桃树上，
蜜蜂们哼着歌来回忙碌着，
它们选择附近的几座
就像摔破的陶罐般的烽火台

作为宿营地。

那歌词的大意仿佛是：
一切都还给自然……

野草如同大地深处的手指，
如同蓬勃的、高举矛戟的幽灵部队
登上了坍塌的台阶，
这样的时辰，无数受惊的风景
一定正从各地博物馆的墙壁上仓皇地逃散。

IV

VI

夏特勒①

通道的墙壁上绘有箭头和站名,别错过,否则你就会迷失在数不清的岔路之间。一座庞大的地铁中转站,幽暗的迷楼,虬枝横生的树干。你走在通道里,能听见隔壁传来地铁疾驶而过的咆哮声,它像一位神秘的邻居。

车站的地形并不像上方的广场,它跌宕起伏,通道由台阶衔接着,在弯转之中忽上忽下。外乡人,像蚂蚁背负着行囊,手上捏着一本小书般的交通图册,目光不断在搜寻,脚步放慢又骤然地加快;而巴黎的人潮近于匀速地流动,掠过他们的身边,有时候,整条通道无比空荡,只留有一两座礁石般的剪影。

我曾经是那样的礁石,耽搁在那儿,一点也不好笑。从我的身体里升起抗拒的愿望,关于一个人必须按照无限可分的法则,作出一次又一次相应的选择,唯有如此他才能够到达一座站台,被载向目的地。夏特勒就是这座世界结构的图腾,就是驯兽场。

①夏特勒(Chatelet),全巴黎最大的地铁中转站。

沿着罗伯斯庇尔

我住在郊区朋友家。他写给我一个地铁站名:Robespierre。R,o,b,e,s,p,i,e,r,r,e,是的,你必须熟记每个字母,每天你都将往返在这个站台。

每天我往返于这个站台,我的起点与终点,直到有一天,我试图念出整个站名:罗……罗伯斯庇尔。

就像和一个陌生人交谈着,交谈着,竟然得知我们曾经见过面。

老朋友了,罗伯斯庇尔!我知道他的事迹,早在高中时使用的《世界历史》课本上,我就了解他了。于是,沿着"罗伯斯庇尔",我突然就回到了中学的时光,我的初恋,对父亲的反叛,警车轰鸣的一九八三年……是的,我还想起了那位总是记不住外国人名的勤奋的同桌,每次在答卷时绝望地抱住自己的脑袋,哈哈,罗伯斯庇尔、玻利瓦尔或者何塞·圣马丁……于是,在每天的往返途中,在

车厢那颠簸的节奏里，线路不再漫长，时间
过得很快，我过得很快活，就像一个出海的
人，用小刀刮下靴底板结的泥土，拼出一大
块陆地来。

邂　逅

　　当我徘徊之际，她主动地走近，冒雨领我到一处街角，指出那个正确的地铁进口。在短暂如一个烟圈的途中，她说起自己去过香港。

　　她远去，而我在这一刻重新认识自己——我是一座古旧豪宅的庶出子弟，生在宗族的重门之外，从没有真正地回到过那地方，一切都是传闻、怨恨、雾霭、碎片瓦砾，我负气磨灭自己血液里的优雅气息，有意以鲁莽而蔑视的目光看待全世界。在巴黎这座堪与我祖先的宅第相媲美的地方（它是眼前纹丝不动的实物，无法不让人动容），在一个如此友爱而妩媚的女性面前，我像一头童话里被巫婆施咒而从王子变成的野兽，会产生一种对于修养而非对于肉体的、奇特的情欲……

欧洲深处

一枚硬币让花生米粒泻落到小碟子里来，咖啡在柜台上冒着热气。清晨，在街角的小咖啡馆。

那个喝完了咖啡的胖女人将孩子重新抱入怀中，她的另一只手牵着狗，从柜台边走向玻璃门，一阵风透进来，其中寒意和喧嚣都是微微的。我木然地目送她的身影，忽然，我看清了——

这条街如同一台老式的单筒望远镜，这座咖啡馆如同它的镜头，我透过这里看见欧洲的最深处，一种微观的、世代不移的日常面目，一个在神话、梦想、奇迹背面的原型。

鲁滨逊

我叫鲁滨逊，你知道的，

从小就被这么叫着，

小伙伴们拿着连环画和我的脸对照，

他们说，像。于是我就是了。

我高兴被这么叫，因为他是一个英雄，

独自地在荒岛上耽留多年，

没有校长管他，更不用交作业。

现在我坐在这张椅子里，

有一座大房子，

能够望见凯旋门。

我等着护士来输液、喂我一点东西、

赞赏我的气色和巴黎的气候一样在好转。

谢谢你，天使。每当我用完

她属于这里的两小时，我就会这么说；

然后看着她在盥洗室的镜子前补完妆，

又和所有补完妆的女人一样仔细地抿一抿嘴唇，

自沙发上拿起她的包，

且不忘记在走出时扭头给我一个微笑。

我低着头听她的脚步声，停在电梯口，

我听电梯嗡嗡地从上面驶来，

和输液管一般，然后她进去了

像一滴晶莹的药液，滴着，

滴到底，谢谢你，天使，我又说了一遍。

我又说了一遍，然后

昏睡过去，也不知道睡了多长时间，

也许是几分钟，也许是一两天，也许是

到她下一次来的时候，每周她会来

两次。

通常我不自己醒来，

有一些朋友会来看我，

一些推销员，好像酒店里负责叫醒服务的人

殷勤而固执地等在门边。

而保险公司的人也会来，一年来两次，

有时候我想这就够了。

我一点也不担心……

我想养一头在一篇小说里我读到的

貘，它会吃噩梦。我还想养

在一个南美人的随笔里

出现的"无"，据说它始终站在你身后，

无论你怎样地转你的身体。

从前我画画，一直到

我离开中国。

在飞往旧金山的飞机上，我想

从此我就要画得更好了，

而太平洋就是见证人。不幸的是

我再也没有画过一幅画。

手。一块白胶布压在针尖上，

我感觉到刺痛时

一定是血从血管流往输液管，

我珍惜这刺痛，生命还在的感觉，

现在我只有上半身。

我好奇地望着血会怎么做，

它先是染红那个用以调试输液速度的

小塑料包，

然后像一个作战图上的红箭头往上，

喷向倒挂在那个顶端的

大药液瓶中，

小花一样在水中绽开，

或者像章鱼施放的烟雾，

原子弹爆炸。

我被自己的能量迷住了，

很高兴还能动，还能欺骗自己说，

我终于画了一幅画，以一种另外的方式。

于是我花了半天的时间

抬起了双臂，完成一次欢呼。

巴黎比美国好，除了汽车

还有别的。在这里

会有一些飞来飞去的人停留，

瞻仰这座城市和我；为此

我在门边挂了一块黑板，

请他们写下自己的名字，

这些年轻的人，

这些很好说话的人，

这些礼拜五，

他们也就写下自己的名字，

如同进入了一段他们并不了解的历史，

一段史前史，一段被覆盖

却因为我还没有死去所以还存在的

历史——

他们恭敬地看着我，那意思说，

写完了以后有什么可干的？

我就朝他们笑，我就装傻，

给他们看他们想看到的

一个昔日大师的

沉默的样子。

其实我什么也不是，

连想尝一口自己的屎和尿都不行；

我已经不在一座天平的任何一边了，

太多崭新的、重大的砝码

成群地出现

我已经是一个计算旧时光的漏壶里

残剩的沙，

已经是"无"的影子，

它的奴仆。是它

住在这座豪华的大房子里，

且是它使用着车祸的保险赔偿金，

谢谢你，美国，

付账时有一副慷慨的派头。

不服气也不行。当然我更喜欢住在

巴黎，

是的，毕竟这里还有别的——哦，想起来了，

是的，我什么都想起来了。

我不叫鲁滨逊，我有自己的名字。

我也不曾在太平洋的岛屿上

生活过，我从来就不是一个欧洲人、

美国人，也不是被拯救的土著，

不，我更喜欢伙伴们

叫我行者，

孙行者的行者和行者武松的行者，

虽然我已经无法再行走了，

虽然我已经走到了头。

我将死在这张科布西埃设计的椅子上，

低着头死去，虽然

他们传过话来，

我可以回家。

为"水手之家"旅馆所作的广告词

I

远在比利时的根特城郊，
铁桥下边的河湾通往大海。
就在那条沿岸伸展的街道上，
有一座昔日的小礼拜堂。

你推开大门如同
抵达时光背后的另一种生活，
钥匙发出清脆的撞击声。
几张沉静的面容，在此将你照料。

II

午夜过后，你将看见
两只鸭子漂过楼角的窗前；
而细雨在小花园沙沙地作响，
好像佛兰芒语，邀请汉语去幽会。

此刻假如你抽完了香烟，
穿过两个街角，就有一家

通宵亮灯的小店；在途中

你将陶醉于这一片静谧的古城之夜。

III

假如你仍然在惦记临行前

未尽的事务，这夜色让你相信

事务会独自地起反应，

事务会处理自身，甚至比你处理得对。

你那陀螺般运转不息的昨天

就像停放在岸边的车辆，

被黄色的落叶和冰霜覆盖；

你应该暂停，像入冬后风扇的叶片。

IV

当你入睡后会有水手们叫醒你，

先系紧皮衣上的纽扣和腰带，

再背上渔篓、网和渔叉；

一艘布鲁盖尔①年代的小船，驶向远处。

①彼得·布鲁盖尔（Pieter Bruegel, 1525–1569），尼德兰画家。

很快巨大的海浪轰响在耳旁，

飞沫喷溅到你的额头，睡意全消，

你将承受冰山般的撞击，

陷入绝境，与大鱼勇敢地搏斗。

V

而醒来是美好的，

睁开眼睛看见阳光和牛奶是美好的，

在市中心的大教堂前留影

以及置身在花边店里是美好的。

88

在这里我才恍然于自己

始终缺席于一种温暖而厚实的生活；

一种古朴而暗淡的美，

让我分不清这里是家还是旅馆。

VI

在餐室门边的长桌上，

就在那只猫头鹰的标本旁——

两张从不同地区寄回来的明信片。

一张奥斯卡·王尔德①的肖像，上边

写着："除了诱惑什么都可以拒绝"；

另一张寄自巴黎，一幅彩色剧照，

也有一句格言，印在它的背面：

"一个人的自由什么也不是"。

我愿意像一只候鸟每年飞来过冬，

我愿意变成水藻，懒洋洋地

盘旋在这船舱般的老建筑深处；

我在此背叛这两句话之间的距离。

①奥卡·王尔德（Oscar Wilde, 1854–1900），爱尔兰诗人、作家。

小　城

一切只是整齐和美，

奢侈，平静和欢乐迷醉。

——夏尔·波德莱尔《邀游》①

I

当我在早晨的窗前

喝着咖啡，眼前是旅馆的

大花园，鲜花盛开，

灌木丛被修剪得平整；

在一条砾石的小径旁

矗立着一尊半裸的女神，

在我周围是低低交谈的人声，

他们优雅的举止，酷似

桌上的玻璃器皿

①夏尔·波德莱尔（Charles-Pierre Baudelaire，1821-1867），法国
诗人，曾于 1841 年乘船由波尔多前往印度旅行，中途返回。

和反光的银器。

Ⅱ

老港湾里停满游艇，
松垂在桅杆上的绳索如同琴弦，

等待被绷紧、被更迅猛的风弹奏——
沿岸咖啡馆的大多数桌子还空着；

成千上万的游人们，
他们将会在夏天到来。

当我沿着松林走向
海滩，经过那些别墅

和那座大公园——
寒冷而清旷的空气里

有一种空虚
不同于贫困与绝望的滋味，

很像一座铺满天鹅绒的监狱，
或者是显贵们居住的带喷泉的医院。

III

夜深时我独自在城中闲逛，
循着乐曲声找到一家酒吧，
将自己淹没在
啤酒的金色泡沫里，

而在我沮丧的大脑深处
波德莱尔的诗句好像咒语

始终在盘旋，好像我
就是他，在航行的半途

受困于毛里求斯的港湾之夜，
听见丛林深处抽打奴隶的鞭子

就像我往昔写下的诗篇
回响在自己的面颊。

IV

是不是一个人走得太远时，
就想回头捡拾他的姓名、

家史和破朽的摇篮？
是不是他讨厌影子的尾随

而一旦它消失，
自由就意味着虚无？

是否我已经扭曲
如一根生锈的弹簧，

彻底丧失了弹性？
是否在彻底的黑暗中

我才感觉到实存？
正如飓风与骇浪，

尖利的暗礁
和恐怖的漩涡，

反倒带给水手将一生
稳稳地揣入怀中的感受。

V

我的记忆沉重，转瞬间

就能使嘴唇变成泥土，

我的爱黏滞，像一条
割不断的脐带——
我的欢乐是悬崖上易朽的绳栏，
我的风景是一个古老的深渊。

难眠于这子夜的旅馆，
推开窗户吮吸着

冰冷的海风，我渴望归期
一如当初渴望启程，

我们的一生
就是桃花源和它的敌人。

图书在版编目(CIP)数据

皮箱/朱朱著.—桂林:广西师范大学出版社,
2005.4

ISBN 7 - 5633 - 5310 - 0

Ⅰ.皮… Ⅱ.朱… Ⅲ.诗歌 – 作品集 – 中国 –
当代 Ⅳ.I227

中国版本图书馆 CIP 数据核字(2005)第 029343 号

广西师范大学出版社出版发行

(桂林市育才路 15 号 邮政编码:541004)
(网址:www.bbtpress.com)

出版人:肖启明

全国新华书店经销

发行热线:010 – 64284815

山东人民印刷厂印刷

(山东省泰安市灵山大街东首 邮政编码:271000)

开本:787mm×1 092mm 1/16

印张:6.5 字数:50 千字

2005 年 4 月第 1 版 2005 年 4 月第 1 次印刷

印数:0 001 ~ 5 000 定价:20.00 元

如发现印装质量问题,影响阅读,请与印刷厂联系调换。